Felle Federn Hörner Hufe

Bernadette Reichmuth

Felle Federn Hufe Hörner

Geschichten von Tieren und Menschen

Umschlaggestaltung: Bernadette Reichmuth

Herstellung und Verlag:
Books on Demand GmbH
Norderstedt
ISBN 978-3-8482-0567-7

Miezi

Sie war eine Prinzessin, meine kleine Feld- Wald- und Wiesentigerin. Mit dem Körper, dem Gesicht und der Zeichnung einer gewöhnlichen Hauskatze war sie nichts weniger, als eine Prinzessin. Die Liebe zwischen ihren Eltern muss eine hochromantische Angelegenheit gewesen sein. Sie: ein einfaches Mädchen vom Land. Er: ein hochwohlgeborener Perser Prinz. Eine Geschichte, an der Rosamunde Pilcher ihre helle Freude gehabt hätte.

Nur einem seiner vier Kinder hatte der Vater sein fürstliches Kleid mit den seidenweichen, fingerlangen Haaren vererbt. Die ganze Pracht dieses Fells entfaltete sich erst etwa vier Monate nach der Geburt. In den ersten Wochen seines Lebens unterschied sich dieses Katzenbaby kaum von seinen drei Geschwistern, ausser dass es kleiner war als die andern, dazu fast weiss. Und das einzige Mädchen. Eine Prinzessin eben.

Ich war vom sofort vernarrt in sie.

Es war nicht meine erste Katze. Da war bereits Othello, mein inzwischen acht Jahre alter, rabenschwarzer Hausgenosse. Ihm war die kleine Spielgefährtin eigentlich zugedacht, hatte ich doch in den letzten Monaten mehr und mehr das Gefühl gehabt, dass er unter Vereinsamung litt. Aber das war wohl nur ein Gefühl, um nicht zu sagen eine Einbildung meinerseits.

Othellos Begeisterung über den Familienzuwachs hielt sich jedenfalls sehr in Grenzen. Zumindest am Anfang. Dem ihn im wahrsten Sinne des Wortes umwerfenden Charme dieses quirligen Fellbüschels konnte selbst ein gestandener Griesgram wie er nicht lange widerstehen. Nach drei Tagen liess er sich von ihr das Ohr anknabbern, in den Schwanz beissen und jagte mit ihr durch die Wohnung.

Wochenlang überlegte ich, wie ich sie nennen sollte. Es musste ein Name sein, der ihrer Schönheit, ihrem Adel gerecht wurde. Keiner der zweihundertdreiundvierzig Namen, die mir einfielen, genügte diesem Anspruch. Also nannte ich sie Miezi. Wenn sie in ihrem leuchtenden Prachtgewand mit weissen Pluderhosen und sorgfältig frisierter Schwanzschleppe über die Wiese stolzierte, erschien sie so vornehm, dass ein Schloss aus tausendundeiner Nacht ihrer würdig gewesen wäre. Kam sie Stunden später wieder nach Hause, war sie zerzaust und roch dezent nach Kuhstall. Im Übrigen war sie eine höchst erfolgreiche Jägerin. Anders als viele Hauskatzen, die von ihrer Mutter das Töten nicht gelernt haben und darum mehr hilflos als grausam mit ihrer Beute herumspielen, machte sie mit ihren Opfern kurzen Prozess. Mit zierlicher Grazie frass sie den Lohn ihrer Jagd gleich an Ort und Stelle. Nie beehrte sie mich mit dem Geschenk einer blutigen, halb zerkauten Maus. Ich nahm es ihr nicht übel, wurde ich doch in dieser Hinsicht mehr als ausreichend versorgt von meinem nachtschwarzen, mörderischen Othello.

Miezi war neun Monate alt, als sie auf lebensgefährliche Weise Bekanntschaft mit den Rädern eines Autos machte.
Zunächst wusste ich nicht, was los war. Zwei Tage lang suchte und fragte ich im ganzen Quartier nach ihr. Niemand konnte mir weiterhelfen. Schliesslich rief ich bei der Tiernothilfe an, um meine kleine Zigeunerin als vermisst zu melden. Aber o Glück o Wunder, ich musste keine Anzeige starten. Miezi war gefunden worden! Man stelle sich dies vor: der Fahrer des Unglückswagen hatte angehalten, war ausgestiegen, hatte das verletzte Tier in eine Decke gewickelt und war mit ihm zum Tierarzt gefahren!! Ein

junger Mann, noch keine zwanzig Jahre alt, mit Rockerjacke, Kampfstiefeln und Bürstenfrisur – auf der Strasse hätte ich Distanz gehalten zu ihm – jetzt, nachdem ich ihn ausfindig gemacht hatte und vor ihm stand, wäre ich ihn am liebsten um den Hals gefallen. Ich tat es natürlich nicht, er war ohnehin verlegen genug. An der Schachtel Konfekt freute er sich jedoch sehr.

Wer kennt nicht die Reklame mit den Engeln, die man nicht kaufen kann? Sie wandeln in allen möglichen Gestalten unter uns.

Manchmal tragen sie sogar Rockerjacke und Kampfstiefel...

Zurück zu Miezi. Sie war schwer verletzt. Beidseitig gebrochenes Becken, Nierenquetschung, drohender Kreislaufkollaps, Ope-ration daher nicht möglich. Ich kannte den Tierarzt nicht, der sie aufgenommen hatte. (Meiner hatte seine Praxis am anderen Ende des Städtchens.) Mir war nicht wohl dabei, den zitternden Unglückswurm dort zu lassen. Einen Transport wagte ich ihr jedoch nicht zuzumuten.

Meine kleine Prinzessin kämpfte um ihr Leben.

Sie konnte sich nicht auf den Hinterbeinen halten. Ihr prachtvolles Fell verschmutzte und verfilzte. War es denn nicht möglich, sie sauber machen?

Am liebsten hätte ich Tag und Nacht vor ihrem Käfig verbracht. Der Arzt erklärte mir unverblümt, dass die Chancen schlecht stünden. Falls sie überlebte, würde sie vielleicht gelähmt bleiben.

Miezi kämpfte weiter.

Als sich ihr Kreislauf endlich stabilisierte und auch ihr Harn nicht mehr blutig war, hatte ihr Becken bereits begonnen, von selbst zusammen zu wachsen. Ein paar Tage später konnte ich sie mit nach Hause nehmen.

Othello wich nicht von ihrer Seite. Was sie selbst noch nicht tun konnte, übernahm er: In stundenlanger, behutsamer Arbeit säuberte er sie. Dass ihr dabei sämtliche Haare über der Nierengegend ausgingen, war nicht seine Schuld. Othello hustete und nieste, und sein samtschwarzes Fell bekam stellenweise einen merkwürdigen Überzug aus feinen, weissen Haaren. Aber er machte weiter, und Miezi liess ihn gewähren, obwohl ihr die Prozedur sichtlich unangenehm war, wahrscheinlich sogar wehtat. Als er mit seiner Arbeit fertig war, sah er aus wie ein gesprenkelter Staubwedel, sie wie ein halb geschorener Pudel.

Aber sie lernte wieder laufen. Zwar hatte ihr Gang von da an einen leichten Seitwärtsdrall, den sie für den Rest ihres Lebens beibehielt. Doch das tat ihrer Hoheit keinen Abbruch. Sie musste nur noch ein, zwei Wochen Stubenarrest aushalten, danach war sie sozusagen wieder wie neu.

Inzwischen war es März und Miezi beinahe zehn Monate alt, und es erwachten nicht nur die Blütenknospen im Garten. Überall wurde geturtelt, geschnäbelt und Hochzeit gehalten.

Menschenskind, ich hatte noch nicht einmal daran gedacht, als die ersten Kater begonnen hatten, ihre Liebeslieder vor unserer Haustür zu singen. Mein kastrierter Othello hegte diesbezüglich keine Ambitionen mehr. Unserer kleinen Schönen gegenüber sah er sich am ehesten in der Rolle des Onkels.

Was hatte ich doch für eine lange Leitung!

Miezi wurde rollig.

War das ein Drama! Meine ach so vornehme, um nicht zu sagen eingebildete Prinzessin hatte nur noch das Eine in Kopf und Körper. Machtvoll rumorte Mutter Natur in ihr. Unerbittlich forderte sie ihren Tribut. Dass es dafür noch viel zu früh war, zumindest was Miezis

Gesundheitszustand betraf, kümmerte weder Miezi noch Mutter Natur.

Ich musste sie also weiterhin einsperren. Wenn das nur so einfach gewesen wäre! Wer je versucht hat, eine rollige Katze im Haus zu halten, weiss was ich meine.

Fenster öffnen war unmöglich, die Wohnung verlassen reiner Nervenkitzel. Miezi lauerte mit nie nachlassender Anspannung auf die nächstbeste Gelegenheit, abzuhauen. In der Zwischenzeit demolierte sie meine Topfpflanzen und zerfetzte meine Vorhänge.

Es kam, wie es kommen musste. Ein einziger, unachtsamer Augenblick genügte und meine liebestolle Kätzin war verschwunden.

Einen Tag und eine Nacht lang blieb sie weg. Als sie zurückkam, sah sie aus, als hätte sie ein Wüstentrekking hinter sich: genauso erschöpft und ebenso zufrieden.

Bestimmt hatte sie die gesamte Katerschaft im Dorf beglückt.

Nun hatte es natürlich keinen Sinn mehr, die Ausreisserin weiterhin einzusperren! Miezi war nicht mehr Jungfrau und würde aller Wahrscheinlichkeit nach bald Mutter werden.

Ich gestehe, dass ich mich darüber freute. Neues Leben in meiner Wohnung, von einem meiner Tiere, das hatte ich mir insgeheim schon lange gewünscht.

Jetzt blieb nur noch abzuklären, ob ihr Becken auch richtig zusammen gewachsen war, so dass es Schwangerschaft und Geburt aushielt. Die Untersuchung zeigte, dass ich mir diesbezüglich keine Sorgen machen musste.

Als die Ankunft der Kätzchen bevorstand, war ich nervöser als vor der Geburt meiner eigenen Kinder. Ich löcherte unseren Tierarzt mit Fragen, studierte

9

Ratgeber, bis ich alles, was darin stand, wortwörtlich auswendig wusste.

Die werdende, inzwischen kugelrunde Mama kümmerte sich nicht um meine Aufregung. Nur hin und wieder sah sie mich mit ihren mondgoldenen Augen milde erstaunt an. Wäre sie ein Mensch gewesen, hätte sie in diesem Augenblick bestimmt den Kopf geschüttelt und gesagt: „Was ist bloss los mit dir? Ich bin doch nicht die Erste, die Kinder kriegt!"

Doch meine Sorge erwies sich durchaus als begründet.

Es wurde eine schwere, eine sehr schwere Geburt. Miezis Körper hatte den Unfall zwar überstanden, sich aber noch längst nicht ausreichend erholt. So zogen sich die Wehen über unerträglich endlos lange Stunden hin. Ich bibberte, betete und tigerte zwischen Kaffeemaschine, Klo und der sich stumm abmühenden Katze umher, gefolgt von Onkel Othello, der mit mir litt.

Um Mitternacht erschien das erste Baby. Mausklein, mit winzigen Ohren, verklebten Augen und übergrossem, rosa Schnäuzchen. Die dünnen nackten Pfötchen in die Luft gereckt, quiekte es leise, während seine Mutter es mit rauer Zunge säuberte. Frage mich keiner, warum ich in diesem Augenblick heulte.

Das Zweite kam geschlagene drei Stunden später. In frühester Morgenstunde endlich das Dritte. In meine offene Hand hinein geboren, fühlte ich sein winziges Herz schlagen. Tack-tack-tack...tack...tack... ... tack... ... tack ... ...

Das feucht verklebte Häufchen, eben noch ein Häufchen Leben hatte es gerade noch geschafft, den Körper seiner Mutter zu verlassen. Nun war es tot.

Mir blieben keine zehn Sekunden um dieses kaum aufgeglühte, schon wieder erloschene Fünkchen

Leben zu betrauern.

Ein Blick auf meine Katze liess mein Herz beinahe stillstehen.

Miezi lag auf der Seite, sie atmete so heftig und so schnell, dass ihre beiden Kleinen nicht mehr trinken konnten. Ihr Maul stand weit offen. Ihre Zunge hechelte.

Ich raste zum Telefon und läutete unseren Tierarzt aus dem Bett. Eine Viertelstunde später, Gott sei Dank, keine Sekunde zu spät, stand der Mann vor unserer Tür, und die zu Tode erschöpfte Katzenmutter bekam eine Spritze, die ihr und damit auch ihren beiden Kleinen das Leben rettete.

Das vergessene, kalte Häufchen weit aussen in der Ecke des Wurflagers bemerkte ich erst wieder, als es längst heller Tag war. Vorsichtig, um die kleine, friedlich schlafende Familie nicht zu stören, nahm ich Miezis drittes Kind fort.

Ich bettete den erstarrten, kleinen Körper auf ein Stück Rinde, schmückte ihn mit Frühlingsblumen und übergab ihn dem Bach, der nahe an unserem Haus vorbei zog. Lange schaute ich dem bunten Schiffchen nach, wie es, sanft gewiegt vom Wasser, davon schaukelte.

Nach einer Weile spürte ich etwas Warmes an meinen Beinen. Es war mein treuer Othello. Weich strich er um meine Waden, als wollte er mir sagen. „Komm endlich wieder rein. Wir warten auf dich."

Als wir die Wohnung betraten, mein Othello und ich, begrüsste uns dreistimmiges Schnurren. Bis dahin wusste ich nicht, dass Katzenbabys wenige Stunden nach ihrer Geburt bereits schnurren können. Sie tun es mit einer Lautstärke, die der ihrer Mutter kaum nachsteht, lange, bevor sie richtig miauen können.

Für mich waren diese Töne reinste Himmelsmusik.

Sieben Leben habe eine Katze, sagt man. Im Verlaufe ihres ersten Jahres verbrauchte Prinzessin Miezi zwei davon. Die restlichen fünf reichten für ein langes, geruhsames und glückliches Katzenleben.

Sultan

"Ferien auf einem Bauernhof am Bodensee ..."
Beim Lesen dieser kleinen Anzeige dachte ich sofort an Evi, mein kleines Prinzesschen. Vor einiger Zeit hatte ich ihr eine ganze Woche "Omi-Ferien" versprochen. Seither fragte sie bei jedem Besuch: "Omi, fahren wir jetzt?"
Kurzentschlossen wählte ich die angegebene Nummer. Die Stimme der Bäuerin klang auf Anhieb sehr sympathisch. Also buchte ich die nächste freie Woche.

Evi war restlos begeistert. In den zwei Stunden zwischen Abfahrt und Ankunft sprudelte es wie ein Wasserfall aus ihr, und sie erzählte von allen Tieren, die sie jemals im Fernsehen auf einem Bauernhof gesehen hatte.

Die Formulierung „auf einem Bauernhof" erwies sich allerdings als nicht ganz zutreffend, doch das war keineswegs ein Nachteil. Wir logierten in einem abgelegenen, liebevoll eingerichteten Einzimmer-häuschen, dem sogar eine winzige Kochgelegenheit und ein noch winzigeres Klo eingebaut worden waren. Das Schönste daran war der verwunschene Sitzplatz hinter dem Häuschen, dazu das Geläute der Kuh-glocken, deren Trägerinnen in unmittelbarer Nähe weideten - es war einfach himmlisch.

Besonders gefiel mir an diesen Kühen, dass sie alle noch ihre Hörner hatten. Ich kann mir nicht helfen, aber hornlose Kühe sehen für mich einfach irgendwie unvollständig aus.

Wunderbarerweise hatten sie sogar ihre Kälber bei sich, was, wie sogar ich als Stadtbewohnerin wusste, heutzutage eher selten vorkommt. Der Bauer be-merkte mein Interesse und erklärte mir, was es mit den Kühen und den Kälbern auf sich hatte. Er betreibe sogenannte Mutterkuhhaltung. Die Kälber hätten zwar wie die meisten anderen auch nur ein kurzes Leben, hier sei es aber ein artgerechtes Leben.

Aus respektvollem Abstand lernte ich dann auch den imposanten Vater der Kälber kennen.. Sultan hiess er, ein passender Name für den Chef eines Harems, und er trug ihn in jeder Hinsicht zu Recht, denn, wie der Bauer anmerkte, wisse dieser Stier sehr wohl, was eine Kuh aus Fleisch und Blut sei. Ja, er war wirklich ein prachtvolles Mannsbild, dieser Stier...

Evi schloss schnell Freundschaft mit den Kindern unserer Gastgeber. Von früh bis spät war sie dabei, beim Melken, beim Füttern, beim Stall ausmisten, beim Heuen. Mein „Omi-Urlaub" war tagsüber also ziemlich ruhig, aber das störte mich nicht sehr. Wir hatten ja die Abende für uns. Diese goldenen, für eine Fünfjährige viel zu langen Abende. Aber eine Omi hat nun mal das Verwöhnpatent für ihre Enkel. Nach der ganzen Plackerei mit den Eigenen ist das nicht mehr als gerecht.

Gleich am ersten Tag entdeckten wir nach einem etwa halbstündigen Fussmarsch bergauf einen Ort, dem Evi sofort den Namen "Zauberwiese" gab. Ich begriff nicht sogleich, was an dem schräg abfallenden, von Wald gesäumten Stück Land zauberhaft sein sollte. Wenn man von drei wunderschönen, alten Apfelbäumen absah, war es nichts weiter, als eine ganz gewöhnliche Wiese. Allerdings bot sich dem Betrachter von dort aus ein herrlicher Blick auf den Bodensee. Wir verbrachten also die langen Abendstunden unter den Apfelbäumen auf dieser Wiese, spielten, erzählten uns Geschichten und erlebten dabei jedes Mal einen einmaligen Sonnenuntergang, bevor wir wieder talwärts wanderten.

An dritten Abend stiessen wir bei unserer Ankunft auf eine Reihe gelber, die ganze Wiese einschliessender Bänder, die gestern noch nicht da gewesen waren – wie schade, dachte ich, nun können wir nicht mehr auf die "Zauberwiese" – doch dann sah ich, dass der Zaun an einer Stelle offen war und verstand dies als Einladung.

Kurz bevor die ersten Sterne ihre Lichter am Himmel anzündeten, trug ich meine kleine, nach Kuhstall riechende, todmüde Prinzessin zu unserem Häuschen hinab.

Ich wollte ihr gerade das Nachthemdchen überstreifen, da riss Evi plötzlich ihre Augen auf und begann wie eine Feuerwehrsirene loszuheulen. Es war ein unfassbares Drama ... wir hatten Babie auf der Wiese vergessen! Babie, die viele tausend Mal Geküsste, Gedrückte, schon fast Zerschlissene, Babie, die jeden Schritt meines Engelchens überwachte, jeden Atemzug mit ihr teilte. Mit Mühe konnte ich Evi daran hindern, gleich loszurennen.

„Es ist doch schon dunkel", beschwor ich sie, „da finden wir Babie nie ...", dann bot ich alle meine Kenntnisse über Elfen, Zwerge und Feen auf, und malte dem sich in Tränen auflösenden Kind aus, wie Babie die Nacht auf der Zauberwiese verbringen würde, von Feen, Elfen und Zwergen beschützt, und dabei unglaublich schöne Sachen erlebte. Immerhin liess sich ihre kleine Hoheit nun davon überzeugen, dass die geliebte Gespielin nicht in unmittelbarer Gefahr schwebte. Doch nun wollte sie diese Zaubernacht *mit* Babie erleben. Geistesgegenwärtig erklärte ich Evi, dass sich die Märchenvölker den Menschen schon lange nicht mehr zeigen, und Babie somit auch nichts zu sehen bekäme, worauf sie grossmütig, wenn auch schweren Herzens auf Babies Gesellschaft für diese eine Nacht verzichtete. Der Trennungsschmerz blieb. Nach einer endlosen Stunde hatte sich mein armer, kleiner Goldschatz in den Schlaf geweint.

Am nächsten Tag standen wir gleichzeitig mit der Sonne auf. Von Prinzessin Evis Grossmut war an diesem Morgen keine Spur mehr übrig. Sie gestattete mir nicht einmal einen ersten Kaffee, um richtig wach zu werden. In Rekordzeit hatten wir die 'Zauberwiese' erreicht – und blieben wie angewurzelt stehen ... noch am Abend zuvor hatten die ursprünglichen Nutzer der Wiese diese wieder in Besitz genommen: eine nicht überblickbare Zahl von Kühen und Kälbern. Nach ihrer ersten Nacht auf der Zauberwiese lagen sie friedlich innerhalb der Abzäunung im Gras und blickten uns mit trägem Interesse entgegen. Und dann war dort unter den Apfelbäumen auch ein besonders massiges Haupt mit weit ausladenden Hörnern ... mein Herz machte zuerst einen heftigen Hüpfer und rutschte danach mindestens ein Stockwerk tiefer. *Dort hinauf sollte ich? Zu diesem Bäumen?*

Sultan, das riesige Tier, das unser Tun sehr aufmerksam beobachtete, hob den Kopf ein wenig.

Ich befahl Evi, auf jeden Fall ruhig und ausserhalb des Zaunes zu bleiben und kroch danach selbst unter der gelben Grenze hindurch. Todesmutig begann ich den Aufstieg.

Solange der Stier liegen bleibt, ist alles gut, dachte ich, doch wenn er aufsteht – was mache ich dann? Wegrennen? Keine Chance! Ich erinnerte mich an eine Filmszene, wo ein wild gewordener Bulle hinter einer schönen jungen Frau her rannte und sie beinahe auf die Hörner gespiesst hätte. Natürlich war da in letzter Sekunde der wackere Senn zur Stelle und rettete sie. Jetzt war von einem wackeren Senn weit und breit nichts zu sehen. Mir, der nicht mehr ganz taufrischen Grossmutter blieb im Notfall wohl nichts anderes übrig, als mich auf den Boden zu werfen und mich tot zu stellen.

Evi nuckelte derweil an ihrem Daumen und sah mir gebannt zu. Ob ihr bewusst war, dass sich ihre Oma gerade in Lebensgefahr begab?

Schritt für Schritt wagte ich mich weiter den Berg

hinauf, ich redete mit dem gehörnten Hüter seines ebenso gehörnten Harems.

"Bleib ganz ruhig. Ich tu weder deinen Frauen noch deinen Kindern etwas. Siehst du, ich bin ganz harmlos ..." - und streckte ihm zum Beweis meiner ehrlichen Absichten meine offenen Handflächen entgegen.

Sultan blieb liegen.

Und dann stand ich vor ihm, kaum mehr als drei Schritte entfernt. Und ich sah geradewegs in zwei kluge, sanfte Augen. Und für den Augenblick eines Herzschlages verwischte sich jede Grenze zwischen Mensch und Tier. Zwei Geschöpfe, ein tonnenschwerer Vierbeiner, der majestätisch im Gras lag und in aller Ruhe eine ziemlich wackelige Zweibeinerin mit weichen Knien und bis zum Hals klopfendem Herzen betrachtete ... einfach zwei Kinder jener grossen Mutter, die unser aller Leben hütet.

Langsam bückte ich mich, um die Puppe aufzuheben, nahm sie ehrfurchtsvoll an mich, als würde ich ein Geschenk empfangen.

Dann verliess ich die Wiese.

Unten empfing mich eine ungewöhnlich stille Evi.

„Gell, Omi", sagte sie auf halbem Weg, „das ist doch lieb vom Sultan, dass er die ganze Nacht auf Babie aufgepasst hat."

Vor meinen Augen stieg das Bild einer Puppe auf, die eine Nacht lang vor einem Stier gelegen hatte. Ich nickte ernsthaft.

Cora

„Bildhübsches Appenzeller-Mischlingsmädchen, 8 Monate alt, sucht liebevolles Zuhause." – Eine kleine Notiz unter der Rubrik „Tiernothilfe" in der Lokalzeitung.

Sie sprang mir ins Auge, als wäre sie von geheimnisvoller Hand mit einem Leuchtstift markiert worden.

Am nächsten Tag fuhr ich los, mit einer Adresse und ein paar Informationen im Sack, sowie erwartungsvollem Herzklopfen. Nach sechs langen, hundelosen Monaten war es höchste Zeit für einen neuen, vierbeinigen Gefährten.

Bildhübsch, ja das war sie wirklich. Kurzes, glänzendes Fell über einem schlanken, kraftvollen Körper. Dazu die bekannte, schwarz-braun-weisse Sennenhundzeichnung.

Was mich jedoch auf der Stelle schmelzen liess, waren ihre bernsteinfarbenen Augen.

Es war Liebe auf den ersten Blick.

Nun ja, vorerst eine höchst einseitige Liebe.

Ich kann nicht sagen, dass ich nicht genau wusste, worauf ich mich da einliess. Zum einen hatte die nette Dame von der Tierhilfe es bereits angedeutet.

Vor allem jedoch liess das „bildhübsche Appenzeller-Mischlingsmädchen" selbst keine Zweifel darüber, was es von Fremden hielt: Jeder von ihnen zählte zu der Kategorie „Gefahr", vor der man sich klugerweise so schnell wie möglich in Sicherheit brachte.

Alles, was neu und unbekannt war, seien das nun Menschen, Strassen, vorbeifahrende Autos, oder auch nur ein am Strassenrand vergessenes Kindervelo, versetzte die junge Hündin in panische Angst. Kein Wunder, dass sie noch keinen Platz gefunden hatte.

18

Wer wählt schon einen Welpen, der vor jedem Fremden Reissaus nimmt!

Aber vielleicht waren wir zwei, aus welchen Gründen auch immer, einfach füreinander bestimmt. Wer weiss das schon.

Auf jeden Fall brauchte ich nicht mehr als drei tiefe Atemzüge, um mich zu entscheiden.

Zwei Wochen später verbanden sich der Lebensweg des bildhübschen Mischlingsmädchens und mein eigener zu einer untrennbaren Schicksals-gemeinschaft.

Die beiden jungen Leute, bei denen meine neue Gefährtin auf die Welt gekommen war, hatten kein Auto. Sie fuhren also mit der Hundemama und deren Tochter in das nahe gelegene Städtchen, wo ich die kleine Gesellschaft am Bahnhof erwartete.

Für den weiteren Transport zu mir nach Hause hatte ich eine Freundin engagiert.

Ich kann nur ahnen, wie das Folgende für das noch junge und gänzlich lebensunerfahrene Tier gewesen sein muss: Erst die Fahrt mit der Eisenbahn! Wenigstens waren Mama und die beiden vertrauten Menschen in der Nähe, und man konnte sich zwischen ihnen verkriechen. Doch dann ... dann nimmt plötzlich ein völlig fremdes Wesen die Leine und zieht ... zieht einen in ein völlig fremdes enges Gehäuse, das sich gleich darauf lärmend in Bewegung setzt. Fort von den vertrauten Menschen. Fort von Mama!

Sie war zu schockiert, um sich zur Wehr zu setzen.

Nach wenigen Minuten war die Fahrt zu Ende. Für die junge Hündin begann nun der zweite Teil des Horrors. Mit vereinten Kräften zerrten meine Freundin und ich sie aus dem Auto, dann ins Haus und dort Stufe um Stufe die Treppe hoch.

Immerhin hatte sich das Tier inzwischen wieder soweit gesammelt, dass es sich mit aller Kraft gegen diesen Weg sträuben konnte und sich beim Versuch, aus dem Halsband zu schlüpfen, beinahe ein Ohr abriss.

Gerade noch rechtzeitig erreichten wir die Wohnung. Sofort verkroch sich die Hündin unter der Blumenbank vor dem Wohnzimmerfenster. An die Wand des hintersten Winkels gedrückt, starrte sie mir mit im Halbdunkel blinkenden Augen entgegen. Als ich mich zu ihr hinunterbeugte und meine Hand ausstreckte, um ihr die Leine abzunehmen, fletschte sie die Zähne.

Mir blieb nichts anderes übrig, als etwas dumm auszusehen und wieder aufzustehen.

Ich ging in die Küche, füllte einen Napf mit Wasser und einen mit Futter. Dann trug ich beides vor die Blumenbank und stellte es auf den Boden.

Das dunkle Fellbündel an der Wand rührte sich nicht.

Ich schaute auf die Uhr – zehn Uhr dreissig – das würde ein langer Tag werden! Und eine noch längere Nacht ...

Zum wiederholten Mal erinnerte ich mich an die Worte eines Freundes, der sich mit Hunden gut auskannte. Vor ein paar Tagen hatte ich ihn um Rat gefragt. Seine Antwort war nicht gerade beruhigend gewesen, hatte mich dennoch nicht von meinem Vorhaben abbringen können.

„Hoffentlich weißt du wirklich, worauf du dich da einlässt. Die Hündin wird völlig verängstigt sein. Das kann Tage dauern, bis sie dir vertraut und dich als ihren neuen Menschen anerkennt ...“

Nein, ich hatte es nicht gewusst. Hatte es nicht wissen wollen. Doch das spielte keine Rolle. Denn ich hätte mich nicht anders entschieden.

Eine bisher nicht bedachte Frage tauchte plötzlich auf.

Wie um alles in der Welt würde ich es unter diesen Umständen fertig bringen, mit ihr Gassi zu gehen? Selbst wenn ich die Hündin mit Ziehen und Zerren wieder unter den Tisch hervor und auf die Strasse bekam – würde sie nicht spätestens dann das Weite suchen, auch auf die Gefahr hin, ihr Ohr doch noch zu verlieren?

Mir fiel keine Lösung für dieses Problem ein. Also setzte ich mich demonstrativ gleichgültig im Schlafzimmer in den Fernsehsessel und drehte den Flimmerkasten an.

Ob sie das aufgeregte Pochen meines Herzens hörte, weiss ich nicht. Ich jedenfalls lauerte auf den kleinsten Muckser aus dem Wohnzimmer, starrte auf den Bildschirm und bekam von der über den Bildschirm flimmernden Talkshow nicht das Geringste mit.

Irgendwann später fiel mir ein, dass ich noch einkaufen musste. Hundefutter war zwar jede Menge im Haus – Trockenfutter, Büchsenfutter, vier verschiedene Leckerlisorten – aber mein Kühlschrank war für das bevorstehende Wochenende sehr schlecht ausgerüstet.

Na ja, vielleicht war es gar keine schlechte Idee, die neue Wohngenossin für einige Zeit sich selbst zu überlassen.

Also machte ich mich auf den Weg. Unterwegs fielen mir Berichte ein, in denen allein gelassene Hunde ganze Wohnungseinrichtungen verwüstet hatten. Dann erinnerte ich mich an einen Film, in dem es einem eingesperrten Hund gelungen war, im Kampf um die Freiheit ein geschlossenes Fenster zu zertrümmern. Ich erreichte den Laden im Laufschritt.

Das Fenster war unversehrt. Auch die Wohnungseinrichtung hatte keinerlei Schaden erlitten. Es schien, als hätte sich überhaupt nichts bewegt während meiner Abwesenheit.

Doch dann sah ich, dass die beiden Näpfe leer waren.

Das dunkle Schattenwesen unter der Blumenbank hatte also nicht vor, zu verdursten oder zu verhungern. Das war doch schon einmal etwas.

Auf meine strategisch klug vorbereitete Einladung hin kam gegen Abend meine Freundin vorbei. Wie gewohnt raste als erstes ein grauweisses, staubwedelgrosses Temperamentbündel mit dem treffenden Namen Strizzi an ihr vorbei, fegte durch den Flur und landete schnurstracks im Wohnzimmer.

Der kleine Wirbelwind bot seinen ganzen, nicht unbeträchtlichen Charme auf, um die neue Spielgefährtin unter dem Tisch hervorzulocken. Allerdings ohne den erhofften Erfolg. Die einzige Antwort, die er auf seine Avancen erhielt, war ein unmissverständliches Knurren. Strizzis Blick in unsere Richtung drückte auch ohne Worte aus, was er dachte: Also, sagt mal, was ist denn DAS für ein merkwürdiges Ding an der Wand da hinten? Schliesslich zog er sich schmollend in eine Ecke zurück.

Zwei Stunden später sass ich wieder in meinem Sessel vor dem Fernseher.

Irgendwann muss ich wohl eingedöst sein. Kein Wunder, hatte ich doch in der vergangenen Nacht nicht allzu viel geschlafen.

Plötzlich fuhr ich hoch.

Im ersten Bruchteil einer noch nicht ganz wachen Sekunde glaubte ich, das Tappen auf dem Holzboden stamme von Dinah, meiner ersten Hündin. Aber die war doch im Hundehimmel!

Den ersten Impuls, aufzuspringen unterdrückte ich

gerade noch rechtzeitig. Stattdessen blieb ich wie angeleimt in meinem Sessel kleben.

Meine Ohren hatten mich nicht getäuscht. Aus dem Dunkel des Wohnzimmers tappte es näher in meine Richtung, langsam, zögernd und dennoch mit einer rührenden Entschlossenheit, die mir die Tränen in die Augen trieb.

Mit hinter sich her schleifender Leine kam sie über die Schwelle. Von da an schluckte der Teppichboden meines Schlafzimmers das Geräusch ihrer Schritte.

Ich wagte nicht einmal den Kopf in ihre Richtung zu drehen.

Dann spürte ich einen schmalen Kopf auf meinen Knien. Warmer Atem an meiner Hand. Und dann etwas Feuchtes und Weiches, das hastig und scheu über meinen Handrücken fuhr.

Ihre Bernsteinaugen waren auf mein Gesicht gerichtet, als ich behutsam ihre weichen Ohren zu kraulen begann.

„Na, du, Mädchen, bist du aber ein ganz feines Mädchen", murmelte ich selig und nicht besonders geistreich.

Da Hunde weniger auf Worte als auf Töne hören, wird sie wohl verstanden haben, was ich sagen wollte.

Ich wusste schon vorher, dass ich ihren Namen ändern musste. Die jungen Leute ihrer Herkunft sprachen einen anderen Dialekt als ich. In ihrem eleganten ostschweizer Tonfall ausgesprochen entsprach ihr bisheriger Name durchaus ihrer feinen Erscheinung. Aus meinem Mund hätte er eher zu einer Kuh oder allenfalls zu einem Bernhardiner gepasst.

Aber das hatte noch Zeit.

Als ich mich nach unserem ersten und erfolgreich absolvierten Gute-Nacht-Pipi-Spaziergang zum Schlafen fertig machte, quetschte sich das „bildhübsche Appenzeller-Mischlingsmädchen" unter mein Bett.

Mein Freund, der Hundekenner hatte sich getäuscht. Es hatte nicht Tage gedauert, bis die junge Hündin mich als ihren neuen Menschen anerkannte, sondern nur gerade mal zwölf endlose Stunden.

Am nächsten Morgen rannte uns Paco, der grosse Sennenhund vom benachbarten Bauernhof entgegen und begrüsste uns stürmisch. Vor einem halben Jahr hatte er mit mir um meine Dinah getrauert. Nun freute er sich über die neue Spielkameradin. Wie grosser Bruder und kleine Schwester sahen sie aus, das Riesentier des Bauern und meine zierliche Hündin. Sie hatte wohl gerade mal die Hälfte seines Gewichtes, jedoch genau dieselbe Zeichnung.

Mit höchster Konzentration und einträchtig wedelnden Ruten beschnupperten die beiden Hunde ein paar Pferdeäpfel. Da sah ich es zum ersten Mal: auf dem hübschen, braunen Hinterteil von Pacos „kleinen Schwester" war es gezeichnet: Ein exaktes, schwarzes Herz. In unschuldiger Koketterie bog es sich in Rhythmus ihres Laufens mal nach rechts, mal nach links.

Da wusste ich, wie ich sie nennen wollte.

„Cora", rief ich, „Cora!"

Und gleich noch einmal: „Cora!"

Sie hielt inne, blickte aufmerksam zurück und stellte ihre lustig wippenden Knickohren auf. Dann machte sie kehrt und rannte mir entgegen.

Der Name schien ihr zu gefallen.

Hier könnte ich diese kleine Geschichte mit einem Happyend ausgehen lassen.

Es ist nicht etwa ein unbezwingbarer Drang zur Ehrlichkeit, der mich dazu bewegt, die Story von Cora und mir bis zu ihrem wirklichen Ende zu erzählen. Es geht auch nicht um eine literarische oder stilistische Frage. Ich habe einfach das (möglicherweise nicht

ganz nachvollziehbare) Gefühl, dass ich es ihr schuldig bin.
Und mir vielleicht auch.

Wir waren drei Jahre zusammen. Drei anstrengende, nervtötende, wunderschöne Jahre.
Im Grunde ihres Wesens war Cora ein verspieltes, neugieriges und sehr temperamentvolles Tier. Diese Wesenszüge kamen jedoch nur zum Vorschein, wenn sie in vertrauter Umgebung mit Kindern oder anderen Hunden zusammen war.
So kam auch der grauweisse Wirbelwind meiner Freundin doch noch auf seine Kosten. Strizzis Lieblingsspiel war es, mit rasender Geschwindigkeit einen atemberaubenden Slalom zwischen den ebenso schnellen Beinen seiner Freundin zu absolvieren.
Die übrige Zeit klebte mein Hund auf Schritt und Tritt an meinen Fersen. Spaziergänge in unbekannten Gegenden waren für uns beide eine ziemlich stressige Angelegenheit. Jeder noch so harmlos aussehende Passant trieb meine Angsthäsin in die Flucht. Die wenigen, unvermeidlichen Gänge in die Stadt waren der blanke Horror.

Fast ein Jahr lang übte ich, verschiedenen Ratgebern folgend, alles Mögliche mit ihr. Es war eine Gratwanderung zwischen verhängnisvoller Überforderung und notwendigem an die Grenze Gehen. Ich wusste nie mit Sicherheit, auf welcher Seite ich gerade war.
Mein Freund, der Hundekenner machte ein ernstes Gesicht.
„Einem Hund etwas abzugewöhnen ist eine Sache und mit genügend Geduld auch fast immer möglich. Ihm etwas beizubringen, was in seiner frühesten Kindheit hätte geschehen müssen, ist viel schwieriger. Die ersten Prägungen sind nur sehr schwer

nachzuholen. Du musst aufpassen, dass sie nicht zur Angstbeisserin wird!"

Angstbeisserin! Was für ein fürchterliches Wort! Ich verstaute es so schnell wie möglich in der untersten Schublade meines Bewusstseins.

Doch der Leiter des Hundeferienheimes, wo ich Cora von Zeit zu Zeit abgeben konnte, um uns beiden eine Verschnaufpause voneinander zu verschaffen, bestätigte die Meinung meines Freundes. Zumindest, was die verpassten Prägungen anging. Und weil dieser Mann wirklich viel Erfahrung mit allen möglichen Problemhunden hatte, musste ich ihm wohl oder übel glauben.

Also beendete ich meine Nacherziehungsversuche und stellte mich auf mindestens zwölf, wenn nicht mehr Jahre Aufpassen und Rücksichtnehmen ein. Eigentlich empfand ich es gar nicht als Einschränkung, mein Leben Coras Besonderheiten und Bedürfnissen anzupassen, denn sie beschenkte mich mit der bedingungslosen Hingabe, die allen Hundehaltern zuteilwird.

Aber es wurden nicht zwölf Jahre. Nur drei.

Es kam wie der sprichwörtliche Blitz aus heiterem Himmel.

Von einer Sekunde auf die andere hatte ich das Gefühl, in einem Horrorfilm gelandet zu sein.

Ein heisser Sommertag. Ein kühler Sitzplatz. Zwei Hunde (Wirbelwind und Angsthäsin, beide ziemlich schlapp) dösend unter dem Tisch. Ich und meine Freundin vor einem Stück Eistorte, in irgendein Weibergespräch vertieft. Ihre kleine Tochter, unermüdlich wie Kinder in diesem Alter, über den Rasen rennend und mit einem Frisbee spielend.

Sie kannten und liebten einander, meine Cora und die kleine Maxie.

Ich habe bis heute keine Erklärung für das, was

26

dann geschah.

Vielleicht sah der Hund in dem grellfarbigen, herumwirbelnden Frisbee eine Bedrohung – aber das würde immer noch nicht erklären, warum er nicht das Spielzeug, sondern das Kind angriff.

In Coras Hirn musste eine Sicherung durchgebrannt sein.

Glücklicherweise erwischte sie „nur" Maxie's Po.

Meine Freundin rannte mit ihrer schreienden Tochter ins Haus. Ich packte meinen Hund und verliess panikgeschüttelt den Garten.

In meiner Wohnung angekommen, verkroch sich Cora sofort unter meinem Bett.

Wahrscheinlich verstand sie ebenso wenig wie wir, was da gerade passiert war.

Erst gegen Abend wagte ich anzurufen und mich nach Maxie zu erkundigen.

Meine Freundin war ganz Ruhe und Verständnis.

„Maxie geht es gut. Wir waren beim Arzt. Du kannst gerne vorbeikommen. Aber lass Cora zu Hause."

Maxie zeigte mir stolz das knallrote Bimbopflaster, das ihr der Doktor auf die Bissstelle geklebt hatte. Der kurzbeinige, blöde grinsende Elefant namens Bimbo gab sich alle Mühe, das darunter verborgene Entsetzen vergessen zu lassen.

Das kleine Mädchen legte die Arme um meinen Hals.

„Cora hat es bestimmt nicht böse gemeint."

Kinderherzen sind um so vieles grösser, als wir ahnen.

Meine Augen begannen zu brennen.

Nein, ich wollte wirklich nicht vor diesem tapferen, kleinen Mädchen in Tränen ausbrechen. Trotzdem begann ich zu heulen, als wäre nicht sie, sondern ich fünf Jahre alt.

Ich brauchte sechs Tage, um schliesslich das zu tun, was ich bereits an jenem entsetzlichen Nachmittag als einzig mögliche Konsequenz erkannt hatte.

Sechs Tage und sechs Nächte war ich damit beschäftigt, mich zu drehen und zu winden, nach Auswegen zu suchen. Doch jede Möglichkeit erwies sich spätestens beim dritten Nachdenken als Sackgasse. Trotz aller mentalen Kopfstände und Purzelbäume landete ich immer wieder an genau derselben, unerbittlichen Stelle.

Irgendwann in dieser Zeit erkannte ich auch, dass es durchaus Voranzeichen für dieses Unglück gegeben hatte. Ich habe sie nur nicht wahrhaben wollen.

Der Blitz aus heiterem Himmel hatte sich in Wahrheit bereits über längere Zeit vorangekündigt.

Ob diese Geschichte einen anderen Verlauf genommen hätte, wenn ich ...

... hatte und hätte ... hatte und hätte ... es machte mich fast wahnsinnig, dieses Karussell von hatte und hätte.

Und Cora?

In dieser ganzen irren Story verstand ich dies am allerwenigsten:

Während ich zeitweise nahe daran war, meinen Verstand zu verlieren, zeigte meine Hündin auf einmal eine Ruhe und Ausgeglichenheit, wie ich sie in den ganzen drei Jahren unseres Zusammenseins nie erlebt hatte.

Sie klebte tagsüber nicht mehr ständig an meinen Fersen, sondern lag meistens unter meinem Schreibtisch auf ihrer Decke und schlief. Sie schlief praktisch ununterbrochen in diesen sechs Tagen, tagsüber wie gesagt auf ihrer Decke, nachts unter meinem Bett.

28

Ich hatte keine plausible Erklärung für dieses Verhalten. Doch es bestätigte irgendwie die Richtigkeit meiner Entscheidung. Ich bin bis heute überzeugt davon, dass sie Bescheid wusste. Von Anfang an. Noch bevor ich selbst mich zu dem unausweichlichen Schluss durchgerungen hatte.

An unseren letzten gemeinsamen Tag erinnere ich mich wie an einen nebelhaften Traum. Um Cora den Horror der Stadt zu ersparen, nahm ich für die Fahrt zum Tierarzt ein Taxi. Der Chauffeur kannte uns zum Glück nicht. Er mag sich vielleicht über mein versteinertes Gesicht gewundert haben, in dem mir jeder einzelne Muskel wehtat.

Ich weiss nicht mehr, wie ich aus der Praxis wieder herausgekommen bin.

Der Weg zurück zum Bahnhof führte über eine grosse, dicht befahrene Kreuzung.

Ich blickte starr geradeaus.

Aus dem rechten Augenwinkel sah ich plötzlich mitten auf der blumengeschmückten Verkehrsinsel einen Hund sitzen.

Er glich Cora aufs Haar.

Als ich den Kopf drehte und genauer hinsah, war die Insel leer.

Fünf Jahre dauerte es, bis ich wieder einen Hund zu mir holte.

Doch das ist eine andere Geschichte.

Brustkinder

Das Alter der Dame an Tisch 5 war nicht leicht zu erraten. Zwischen 65 und siebzig schätzungsweise. Vieleicht mehr. Vielleicht auch weniger. Sie hatte ein breites, starkknochiges Gesicht. Eine markante Nase, ein starkes Kinn, wache, interessiert blickende Augen. Das ganze umrahmte sehr kurz geschnittenes, weisses Haar.

Franz Leutenegger, seit Anfang des Jahres Kellner im *Schrägen Hans,* kannte die Dame mittlerweilen gut. Sie kam jeden Nachmittag. Pünktlich um 15 Uhr. Jetzt, wo es warm geworden war, setzte sie sich in den von einer uralten Kastanie überdachten Garten. Am liebsten hatte sie den Tisch ganz hinten bei der Rosenhecke, von wo das Kommen und Gehen gut zu überschauen war.

Franz Leutenegger begrüsste die Frau wie eine alte Bekannte, die sie ja auch war, obwohl er nicht einmal ihren Namen wusste. Nach den stets gleichen Worten zur Wetterlage nahm er die ebenfalls stets gleich lautende Bestellung auf: Eine Tasse Kaffee und ein Glas Wasser. Das kleine Schokoladenherz auf der Untertasse gab es umsonst. Zusammen mit dem ebenfalls mitgelieferten Zuckerwürfelpäckchen wanderte es unverzüglich in die auf dem Tisch abgestellte Handtasche.

Gestern Nachmittag war die alte Dame nicht erschienen. Franz Leutenegger hatte mehrmals besorgt auf die Uhr geblickt. War die alte Dame etwa gestürzt? Lag sie womöglich in ihrer Wohnung und konnte das Telefon nicht erreichen? Aber nein, mahnte sich der Kellner zur Ordnung, vielleicht hat sie einen Termin beim Arzt, oder − viel schöner! - überraschenden Besuch. Von ihrer Tochter vielleicht. Oder ihrer Enkelin, für die Oma die Schokoladenherzchen sammelte.

Franz Leutenegger hatte nicht viel Zeit, über das Schicksal seines Stammgastes zu grübeln. Wie immer bei schönem Wetter herrschte reger Betrieb im Garten des *Schrägen Hans.*

Am nächsten Tag war sie wieder da.

Erleichtert stellte Franz Leutenegger fest, dass ihr Gesicht zeigte keinerlei Spuren eines belastenden Ereignisses zeigte. Im Gegenteil. Die Augen hinter den Brillengläsern funkelten geradezu fröhlich. In den Winkeln des sonst eher streng gezeichneten Mundes nistete ein kleines Lächeln. Also doch die Enkelin?

Franz Leutenegger fragte nicht nach. Es genügte ihm, die Frau wohlauf zu wissen. Über ihr stilles Glück – denn um ein solches handelte es sich zweifellos – freute er sich. Wenn der emsige Betrieb an den anderen Tischen es ihm erlaubte, sandte er einen flüchtigen Blick in ihre Richtung.

Um halb vier brachte der Kellner zwei Tassen Kaffee zusammen mit zwei Eisbechern an Tisch 4. Wie die Zahl vermuten lässt, befand sich dieser neben Tisch 5. Eine weitere Gelegenheit, der dort sitzenden Dame zuzulächeln.

Sie bemerkte es nicht. Ihr Blick war auf ihre Bluse gerichtet.

Franz Leuteneggers Augen wurden gross.

Unter dem zart gepunkteten, züchtig hochgeschlossenen Kleidungsstück bewegte sich etwas …

Einer Dame auf den Busen zu starren, gehört sich nicht. Schon gar nicht für einen Kellner. Franz Leutenegger wusste das. Trotzdem konnte er nicht anders. Da! Die Bluse hatte sich schon wieder bewegt! Und dann verschlug es ihm beinahe den Atem. Zum Glück war das Tablett in seiner Hand bereits leer. Andernfalls wäre in diesem Augenblick der Verlust von zwei Kaffetassen, zwei Eisbechern, sowie deren Inhalt zu beklagen gewesen.

Seelenruhig öffnete die Frau ihre Bluse. Das Alter

hatte die Finger ein wenig knotig werden lassen. Und die Knöpfe der Bluse waren sehr klein.

Inzwischen waren auch mehrere Gäste auf die unerwartete Darbietung aufmerksam geworden. Ihre Gesichter wären es wert gewesen, gefilmt zu werden. Die Stimme eines kleinen Mädchens unterbrach die angespannte Stille.

„Hast du da drin eine Babykatze versteckt?"

Natürlich! Das war des Rätsels Lösung! Die alte Dame war keine Exhibitionistin; sie hatte einfach ein schutzloses Wesen in ihre Obhut genommen und wärmte es nun an ihrer grossmütterlichen Brust. Wie schön, dass es noch solche Menschen gab!

Mit einem feinen Lächeln winkte besagte Dame die Kleine zu sich.

„Du hast recht: es ist ein Baby. Aber nicht von einer Katze. Du darfst gerne herkommen und selber gucken."

Das Kind liess sich nicht zweimal bitten.

Nach wenigen Augenblicken war Tisch 5 umgeben von sämtlichen Gästen des *Schrägen Hans.*

Die Frage eines besonders höflichen Menschen - „Dürfen wir?" – war rein rhetorisch gemeint. Es hätte schon eines Erdbebens bedurft, um die neugierige Runde auseinander zu bringen.

Auch Franz Leutenegger streckte seinen Hals über eine der nach vorne gebeugten Schultern.

Die Hüterin des noch unbekannten Lebens hatte inzwischen ihre Bluse beinahe bis auf Gürtelhöhe aufgeknöpft. Zum Vorschein kam ein Brusttäschchen aus lindgrünem Stoff. Das unbekannte Leben darin hatte die Bewegung gespürt und verharrte in erwartungsvoller Stille. Ebenso die Zuschauer.

Das Täschchen war mit einer herunterklappbaren Lasche verschlossen und wurde nun behutsam von etwas knotig gewordenen Fingern geöffnet.

„Iiih …!" Die Kinderstimme klang eher erschreckt

als entzückt. Das frühlingshafte Lindgrün stand in wirkungsvollem Gegensatz zum Dunkelbraun der darin beherbergten, drei eng aneinander geschmiegten Wesen.

Auf den ersten Blick sahen sie aus wie Heuschrecken. Ziemlich grosse Heuschrecken. Auf den Zweiten Blick ... auch, obwohl – nein, vielleicht doch nicht. Aber was um aller Welt waren sie dann?

„Mausöhrchen", erklärte die Ziehmama der geheimnisvollen Wesen. Und da offensichtlich niemand wusste, zu welcher Gattung *Mausöhrchen* zählten, fügte sie hinzu: „Fledermäuse. Ein paar Tage alt. Ich bekomme jedes Jahr mindestens eine zum Aufziehen." Sie hob den Blick, blickte ein wenig streng in die Rund und fuhr dozierend fort: „Diese Tiere sind streng geschützt bei uns. Sie nisten auf Dachböden, in Scheunen oder Kirchtürmen. Wenn sie zu schwach sind, um sich festzuhalten, fallen sie zu Boden und können von der Mutter nicht mehr gesäugt werden. Das machen nun wir von der Fledermausstation. Alle zwei Stunden."

Und da besagte zwei Stunden gerade wieder um waren, wurden an diesem Nachmittag fünf Kinder und sieben Erwachsene – einer davon ein Kellner – Zeugen, wie drei junge, an einer winzigen Stange hängende, ungeduldig zappelnde Fledermäuse mit einer Pipette gefüttert wurden.

Es ist anzunehmen, dass jeder der Zuschauer, ob gross oder klein, diese nützlichen, leider immer seltener werdenden Tiere von nun an mit anderen Augen sah und aufmerkte, wenn in der Dämmerung ihre schattenhaft vorüber huschenden Gestalten sichtbar wurden.

Die Schildwache am Rosengartenteich

„Haben Sie es auch gesehen, Frau Bernauer? Sie sind schon da! Unsere gute Fränzi ist wirklich früh dran dieses Jahr!"

Die mütterlich wirkende Pflegerin nickte. Sorgsam half sie der alten Dame, am Frühstückstisch Platz zu nehmen.

„Ja, Frau Willisauer", antwortete sie, nachdem sie ihren Schützling näher zu ihrem Teller geschoben hatte. „Habe richtig gestaunt heute Morgen. War aber auch wirklich ein mildes Wetter in den letzten Wochen. Die haben in der Wetterstation da oben...", Frau Bernauer blickte himmelwärts, „ ... wohl den Schalter für den Sommer zu früh gedrückt."

Der kleine Scherz vermochte Frau Willisauers Gesicht nur kurz zu erhellen. Es war voller Sorge.

„Wenn's nur nicht nochmal kalt wird. Letztes Jahr war das auch so. Da hat es im Mai sogar noch einmal geschneit! Das würde den Kleinen bestimmt nicht gut tun."

Anna Bernauer erinnerte sich nicht an Schnee im Mai letzten Jahres. Aber sie sagte nichts. Vielleicht erinnerte sich die alte Dame ja an einen weiter zurückliegenden verschneiten Mai. Sanft legte die Pflegerin ihre Hand auf den Arm der hochbetagten Frau.

„Machen sie sich keine Sorgen, Frau Willisauer. Es wird bestimmt alles gut gehen. War bisher doch jedes Jahr so."

Ein lautes Schimpfen in italienischer Sprache beendete das kleine Gespräch. Herr Musatti vom Nachbartisch hatte seinen Kaffee verschüttet. Der alte Herr aus dem sonnigen Tessin konnte zwar nicht mehr laufen, sein südländlich gefärbtes Temperament war von dieser Einschränkung jedoch unbehelligt geblieben.

Die frohe Kunde verbreitete sich schnell im ganzen Haus. Von Stund an erhielt der Teich in der grosszügig angelegten Gartenanlage regen Besuch. Fränzi und ihre goldbraun ge-sprenkelten Kinder waren über Nacht zur Hauptattraktion des Altenheims Rosengarten geworden.

Wie alle Väter seiner Art hielt sich Herbert, der prächtig herausgeputzte Erzeuger des entzückenden Nachwuchses eher abseits. Sein Beitrag zu dem jährlich wiederkehrenden Wunder bestand in der Begattung seiner Partnerin – wobei er in stürmischer Übereifrigkeit die Ärmste mitunter beinahe ersäufte – und der deutlich weniger begeisterten Mithilfe beim Nestbau. Sobald die Kleinen zu schlüpfen begannen, hielt er seinen Part für erfüllt.

Elf waren es dieses Mal. Es war nicht einfach, die flauschigen, munter durcheinander paddelnden Dingerchen zu zählen. Ihre kecken Gesichter drückten Neugier und Lebensfreude aus. Mitten unter ihnen die Mutter, mit sanftem Quaken und unverkennbarem Stolz die quirlige Schar zusammenhaltend.

Die Freude über das kleine Wunder währte nicht lange.
Zwei Tage später waren die Küken fort.
Der Fuchs hatte sie geholt. Mitten in der Nacht.
Niemand war Zeuge dieser Tragödie gewesen. Unbeeindruckt von den verzweifelten Schreien der Eltern hatte der rote Räuber das Nest geplündert.
Traurig nahmen die Bewohner des Altenheimes Rosengarten die gewohnte Regelmässigkeit ihres Alltages wieder auf. Frau Willisauer zog sich in ihr Zimmer zurück. Verliess es nur, um den Speisesaal aufzusuchen, wo sie alle mitleidsvollen Blicke mit

grimmig zusammengezogenen Augenbrauen quittierte. Niemand wagte, auch nur ein Wort an die alte Dame zu richten.

Der Ententeich blieb verwaist. Unter der unverändert warmen Sonne zogen die Enten im Teich ihre Kreise. Und Herbert tröstete seine Gattin auf die einzige ihm mögliche Weise.

Wochen später hatte sich das Wunder ein zweites Mal vollzogen.

Diesmal waren es Sieben. Wie in einem Märchen. Es gab sieben Zwerge, sieben Geisslein, sieben Raben. Und nun auch sieben Stockentenküken.

Für Frau Willisauer die Schönsten aller Sieben. So schnell ihre alten Beine sie trugen, lief sie zum Ort des frohen Geschehens. Dort angekommen, liess sie sich heftig atmend auf die Bank sinken. Ihr Herz brauchte einige Minuten, um sich von der ungewohnten Anstrengung zu erholen.

Als es Zeit für das Mittagessen war, betrat Frau Willisauer hoheitsvoll den Speisesaal. Ihr huldvolles Lächeln hätte einer Landesfürstin zur Ehre gereicht.

Für den Nachtisch hatte die alte Dame keine Zeit. Dabei gab es doch heute etwas besonders Leckeres: Caramelcreme mit Schlagsahne und Biskuitstückchen.

Anna Bernauer trug das Schälchen in Frau Willisauers Zimmer. Unberührt blieb die süsse Versuchung auf dem Tisch stehen. Wartete etwas verloren auf dem gelbrot geblümten Tischtuch auf die ihm zustehende Würdigung. Wartete vergebens, denn die Bewohnerin des Zimmers verbrachte den ganzen Nachmittag am Ententeich.

Um halb fünf Uhr war Anna Bernauers Dienst zu Ende. Bevor sie nach Hause ging, suchte sie die Bank am Teichufer auf, neigte sich zu der darauf sitzenden, etwas vorüber gesunkenen Gestalt.

Frau Willisauer war eingeschlafen. Kein Wunder,

hatte sie doch auf ihre gewohnte nachmittägliche Siesta verzichtet!

Sanft griff die Pflegerin nach dem Arm der alten Frau. Rüttelte sachte daran.

Frau Willisauer fuhr hoch. „Oje, ich bin eingeschlafen!" Ein prüfender Blick zum Himmel. „Gottseidank! Es ist noch hell. Er wird erst kommen, wenn es dunkel wird."

Anna Bernauer wusste, wen die alte Dame meinte. Ein ungutes Gefühl beschlich die Pflegerin. Es war offensichtlich: Frau Willisauer hatte beschlossen, zur Kükenhüterin zu werden! Da würde es für den Spätdienst kein Leichtes sein, die für ihren Eigensinn bekannte Entenfreundin von diesem Platz weg in ihr Zimmer zu bringen. Aber es war nun mal Brauch und Sitte, dass die Bewohner des Altenheimes Rosengarten die Nacht in ihren Zimmern verbrachten.

Anna Bernauers Befürchtung bewahrheitete sich. Es war nicht nur kein Leichtes, Frau Willisauer von ihrem Platz zu bewegen; es war schlichtweg unmöglich.

Kampfeslustig funkelte die alte Dame die Pflegerin des Spätdienstes und den zur Verstärkung herbeigerufenen Kollegen an.

„Ich bleibe hier. Da könnt ihr machen, was ihr wollt. Ich weiss, dass der Schlingel wiederkommen wird. Aber diesmal wird er die Kleinen nicht bekommen!"

„Aber es ist doch schon kühl geworden! Und in dieser Jahreszeit sind die Nächte noch ziemlich kalt. Sie werden sich erkälten."

Ungeduldig wischte die selbsternannte Kükenhüterin den Einwand beiseite.

„Ich werde schon nicht erfrieren! Ihr könnt mir ja meine Decke bringen!"

Es war mehr ein Befehl, denn ein Vorschlag.

Dem Betreuerduo blieb nichts anderes übrig, als

unverrichteter Dinge wieder abzuziehen.

Eine halbe Stunde später, nachdem die ungewöhnliche Sachlage erst der Heimleitung unterbreitet, danach mit dem für die medizinische Versorgung zuständigen Arzt erörtert worden war, bekam die streitbare Verteidigerin der Entenfamilie zwei Wolldecken an die Bank am Teich geliefert. Eine zum Draufsitzen. Eine zum Zudecken.

Die die erste, glücklicherweise milde und trockene Nacht verging ohne Behelligung der Entenfamilie. Ob deren getreue Wächterin die ganze Zeit wach geblieben war, ist nicht bekannt. Tatsache war, dass sie bis zum Morgen aushielt. Anna Bernauer, die wieder Frühdienst hatte, half der etwas steifbeinig gewordenen alten Dame ins Haus zurück.

Nun endlich gönnte sich Frau Willisauer ein paar Stunden Schlaf.

Die Frage, was in der folgenden Nacht geschehen sollte, war noch nicht geklärt. Enten hin oder her, es konnte nicht angehen, dass eine Pensionärin die Nacht im Freien verbrachte; darüber war sich die Pflegedienstleitung einig. Wie die betreffende Pensionärin vom Sinn dieses Beschlusses überzeugt werden konnte, wusste hingegen niemand. Ein gewaltsames Festhalten im Zimmer war in den Betreuungsrichtlinien nicht vorgesehen.

Man konsultierte noch einmal den zuständigen Arzt. Dieser schlug vor, der alten Dame ihren Willen zu lassen. Zumindest, solange es in der Nacht trocken blieb.

Und falls es regnete?

Nun, dann würde man Frau Willisauer doch bestimmt klar machen können, dass Füchse bei nassem Wetter nicht gerne jagen, oder?

Der Tag verging.

Mit zwei Wolldecken und einer Termoskanne voll heissen Tees gerüstet bezog Frau Willisauer ihren

38

Wachposten auf der Bank.

Eine sternklare Nacht brach an.

Stunde um Stunde verging.

Die nahe Kirchturmuhr schlug gerade elf Uhr, als die alte Dame hochschreckte.

Neben ihr sass Frau Kirchner von Zimmer 63.

Sie verschwand beinahe ihren zu gross gewordenen Wintermantel. An den Füssen hatte sie die wohlbekannten, etwas ausgetretenen Lammfellpantoffeln. Eine kluge Wahl. Für alte Füsse gibt es kaum etwas Wärmeres als Lammfellpantoffeln.

Frau Willisauers Augen wurden gross.

„Was machen Sie denn hier?", fuhr sie die Besucherin an, nachdem sie sich von ihrer Verblüffung erholt hatte. „Warum liegen sie nicht in ihrem Bett und schlafen?"

„Das könnte ich Sie auch fragen, meine Liebe", antwortete die Angesprochene ein wenig spitz. „Nun, sie sind nicht die einzige Entenfreundin hier." Dann wurde Frau Kirchners Stimme weich. „Sie können jetzt schlafen gehen, Frau Willisauer. Ich werde die Wache bis ein Uhr übernehmen. Danach kommt Frau Bachmann. Um drei Uhr dann Frau Gerstenmeier. Meinen Sie nicht auch, dass der Fuchs nach fünf Uhr nicht mehr kommt?" Die abschliessende Frage klang etwas kleinlaut, als wollte sich die schmächtige Frau dafür entschuldigen, keine weitere Wächterin aufgetrieben zu haben.

Die unerwartete Unterstützung machte die normalerweise nicht gerade wortverlegene Frau Willisauer erst einmal sprachlos. Als wäre sie mitsamt ihren Wolldecken auf der Bank festgewachsen, blieb sie sitzen. Ausser einem gelegentlichen Gruss hatte sie mit Frau Kirchner bisher kaum ein Wort gewechselt. Es hatte sich einfach nicht ergeben.

Die Blicke der beiden Frauen trafen sich.

„Danke.", sagte Frau Willisauer.

„Bitte.", antwortete Frau Kirchner und fügte hinzu: „Ist schon recht."

Frau Willisauer traf noch immer keine Anstalten, aufzustehen.

Nach einer Weile hob sie die Decke über ihren Beinen an und winkte ihre Nachbarin näher zu sich.

„Kommen Sie. Es wird doch ordentlich kühl beim langen Sitzen."

Frau Kirchner liess sich nicht zweimal bitten.

Einträchtig unter der Decke sitzend betrachteten die beiden alten Damen den sternfunkelnden Himmel.

„Ist schon eine Weile her, dass ich um diese Zeit auf einer Bank gesessen bin.", sinnierte Frau Kirchner, und in ihrer Stimme lächelten ein paar fast vergessene Erinnerungen mit.

„Das glaube ich Ihnen gerne. Gut, dass wir damals nicht gewusst haben, was wir heute wissen."

„Ach ja. Es kommt eben alles, wie es muss. Der Herrgott wird schon wissen warum."

Als die Uhr Mitternacht schlug, sassen die beiden Frauen immer noch am Teich und plauderten.

Um ein Uhr gesellte sich wie versprochen Frau Bachmann dazu.

Die Wolldecke reichte nicht ganz für drei Personen. Also verabschiedete sich Frau Willisauer von ihrer Wachablösung und begab sich beruhigten Herzens in ihr Zimmer.

In der nächsten Nacht erweiterte sich der Verein der Wächterinnen um zwei weitere Mitglieder.

In der Nacht darauf waren es bereits Acht.

Schliesslich gesellte sich auch Herr Moser dazu. Der rüstige alte Herr erweiterte den von der Küche gespendeten Proviant von Tee, Kaffee und Käse-sandwiches um jeweils eine Flasche Wein, wodurch die nächtlichen Wachrunden mitunter zu einer recht lustigen Angelegenheit wurden.

Der Fuchs war übrigens eine Füchsin. In ihrer Höhle warteten vier hungrige Mäulchen auf sie. Madame Rotrock liess die gut bewachte Entenfamilie in Ruhe und versorgte ihren Nachwuchs und sich selbst wie es sich gehört mit Feldmäusen.

Mathildas Freund

Mathilda konnte sich nicht daran erinnern, wann sie *ihn* das erste Mal gesehen hatte. *Er* war schon immer da gewesen, von Anfang an. Seit sie auf der Welt war, hatte *er* neben ihrer Wiege gelegen und auf sie aufgepasst. Es war sehr oft sehr laut um sie herum. Papa schrie, Mama weinte, manchmal schrien beide. Das tat weh in Mathildas Ohren. Manchmal hörte sie es poltern. Das tat nicht nur in ihren Ohren weh, sondern auch in ihrem Bauch. Dann wollten weder Milch noch Brei darin bleiben.

Aber Angst – nein, Angst hatte sie nie. *Er* war ja da. *Er* konnte sich grösser oder kleiner machen, je nachdem, wie es gerade nötig war. Wenn sie mit *ihm* spielte, war *er* nicht grösser, als sie selbst. Doch wenn der Lärm kam, wurde *er* so gross, dass *er* beinahe das ganze Zimmer ausfüllte. Dann stand *er* vor ihr und blickte zur Tür. Einmal hatte Mama die Tür aufgerissen – und gleich wieder zugeschlagen. Vielleicht hatte sie *ihn* in wirklich gesehen in diesem Augenblick. Oder gehört. *Seine* Stimme konnte furchterregend sein, wenn *er* Mathilda beschützte. Doch wenn *er* mit Mathilda sprach, war sie ein sanftes, weiches Grollen.

Eines Tages war Papa fort. Nun schrie niemand mehr. Jetzt war nur noch Mama da. Sie weinte immer noch. Viel weinte sie, fast ununterbrochen. So wurde der Lärm nicht weniger, nur anders. Dann wurde Mama krank und musste für lange Zeit in eine Klinik.

Für diese Zeit wurde Mathilda bei Onkel Heini und Tante Hedwig untergebracht. Sie waren alt, hatten selber immer Kinder gewollt, aber nie welche gehabt. Beide waren sehr lieb zu ihr. Doch Mathilda hatte Heimweh nach Mama. Und auch nach Papa. Da konnte auch ihr Freund ihr nicht helfen, obwohl er keinen Schritt von ihrer Seite wich.

Zum Glück war das Bett bei Onkel Heini und Tante Hedwig so gross, dass *er* nachts neben ihr liegen konnte. So konnte sie *seinen* wuscheligen Hals umarmen und sich an *seinen* warmen Bauch drücken. Und vor schlimmen Träumen musste sie auch keine Angst haben.

Mama kam wieder nach Hause und musste nun arbeiten gehen. Mathilda kam in den Kindergarten und verbrachte die Zeit, in der Mama arbeitete, bei Frau Schulze. Auch sie war alt, wie Tante Hedwig oder Onkel Heini. Und fast so lieb, wie die Beiden.

Er kam auch mit in den Kindergarten. Meist wartete *er* draussen bei den Schuhen und Jacken, bis die Glocke läutete und es Zeit war, nach Hause zu gehen. Mathilda ging nicht nach Hause, weil dort niemand war. Sie ging entweder zu Frau Schulze oder zu ihrer Freundin Anna. Zu Frau Schulze ging sie lieber, denn Anna war gar keine richtige Freundin. Sie tat nur so. Als Mathilda ihr einmal von *ihm* erzählte, guckte Anna sie zuerst entgeistert an und brach dann in ein quietschendes Gelächter aus. Von da an sprach Mathilda mit niemandem mehr über *ihn*.

Obwohl sie jeden Morgen bei Frau Schulze frühstückte, damit Mama rechtzeitig zur Arbeit kam, wollte Mathilda eines Tages plötzlich nicht mehr dorthin gehen. Sie schrie und weinte und wehrte sich mit Händen und Füssen, so dass Mama zuerst erschrak und dann richtig böse wurde. Aber es nützte alles nichts. Mathilda, sonst immer ein sanftes, ruhiges und folgsames Kind, war nicht dazu zu bewegen, auch nur einen Fuss in Frau Schulzes Wohnung zu setzen.

Mathildas Mutter war ratlos. Was um Himmels Willen, war geschehen? Hatte Frau Schulze ihre kleine Maus etwa geschlagen? Nein, das konnte sie sich beim besten Willen nicht vorstellen. Doch irgendetwas

Schlimmes musste geschehen sein. Ein Kind wie Mathilda tobte und schrie nicht ohne Grund. Jetzt fiel ihr auch wieder ein, wie blass und still ihr Mäuschen gestern Abend gewesen war. Nun bekam sie Gewissensbisse. Hätte sie nicht gleich bemerken müssen, dass etwas nicht stimmte? Klar, sie war jeden Abend so müde, dass ihre Beine sie kaum noch trugen, meist konnte sie nicht einmal mehr richtig klar sehen oder denken. Doch das galt nicht als Entschuldigung für ihre Unaufmerksamkeit.

Nun wollte sie der Sache auf den Grund gehen. Sie nahm in Kauf, heute zu spät zur Arbeit zu kommen und wartete, bis es Zeit war für Mathilda, in den Kindergarten zu gehen. Nachdem das Kind die Wohnungstüre hinter sich geschlossen hatte, stieg die Mutter in die zweite Etage und klingelte bei ihrer Nachbarin.

Frau Schulze war gerade dabei, ihre Schürze auszuziehen.

„Gut, dass Sie kommen, Frau Kramer", sagte sie und band sich die Schürze wieder um, „ich wollte auch mit Ihnen reden. Die Sache gestern hat mir keine Ruhe gelassen."

Die Sache gestern? Dann war also wirklich etwas passiert! Mathildas Mutter vergass alle Höflichkeit und stürzte an Frau Schulze vorbei in die Wohnung, noch bevor diese sie überhaupt eingeladen hatte.

Die alte Frau schien es ihr nicht übel zu nehmen. Sie führte ihre aufgeregte Nachbarin in die Küche und bat sie mit einladender Geste, Platz zu nehmen. Dann setzte sie die Kaffeemaschine in Gang.

Es war nicht das erste Mal, dass die beiden Frauen zusammen Kaffee tranken, wenn es auch selten genug vorkam. Doch nun bildete das dunkle, aus hauchdünnen, goldfarbenen Tassen getrunkene Gebräu so etwas wie eine Vertrauensbasis für dieses Gespräch.

44

„Ich wollte den kleinen Schatz wirklich nicht erschrecken", begann Frau Schulze nach dem ersten Schluck, „ich wusste nicht einmal, dass sie dieses Märchen noch gar nicht kannte. Meine eigenen Kinder und auch meine Enkel haben davon nie genug bekommen und wollten es immer wieder hören, wie auch alle anderen Märchen in dem Buch." Sie stutzte. „Oder war es vielleicht das Bild, das sie erschreckt hat?"

Die alte Frau stand auf und hinkte ins Wohnzimmer. Kurz darauf kam sie mit einem dicken, schon sehr gebraucht aussehenden Buch zurück, das sie der Mutter aufgeschlagen unter die Nase hielt.

Hm, der Bösewicht auf der Doppelseite sah schon ziemlich furchterregend aus mit seinem gierig aufgerissenen Rachen und den funkelnden Augen. Dass er dabei ein Nachthemd und eine Spitzenhaube trug, liess ihn nicht unbedingt harmloser aussehen...

Trotzdem erklärte diese Abbildung nicht Mathildas Reaktion. Sie hatte im Fernsehen bestimmt schon „Schlimmeres" gesehen.

Ratlos sahen die beiden Frauen einander an.

„Ich werde heute Abend noch einmal mit Mathilda reden", beendete die Mutter das nicht sehr aufschlussreiche Gespräch, „vielleicht finde ich doch noch heraus, warum sie sich so erschreckt hat."

Es dauerte lange, bis Mathildas Mutter wenigstens ansatzweise herausfand, was ihrer kleinen Maus so zugesetzt hatte.

Mathilda machte zuerst ein störrisches Gesicht und schielte in die Ecke, wo *er* wie immer lag und sie aufmerksam beobachtete.

„Frau Schulze lügt!", brach es schliesslich aus ihr heraus.

Die Mutter war erschüttert.

„Aber Mäuschen, wie kommst du denn auf diese

Idee? Warum sollte Frau Schulze lügen?"

Mama glaubte ihr nicht. Wie Anna. Nicht einmal Mama glaubte ihr. Dann würde sie sicher auch gleich lachen wie Anna.

Aber Mama lachte nicht. Und ihrem Drängen konnte Mathilda schliesslich nicht länger widerstehen. Jetzt kamen auch noch die Tränen. Dabei wollte sie doch gar nicht weinen.

„Also, was hat Frau Schulze gesagt? Du kannst es mir ruhig erzählen."

Mathilda schluckte und nahm all ihren Mut zusammen.

„Wölfe sind nicht böse!", stiess sie endlich hervor. „Und es ist nicht wahr, dass der Wolf Rotkäppchen und seine Grossmutter gefressen hat! Das ist einfach nicht wahr! Wölfe sind lieb und ... und ... sie beschützen einen."

Jetzt war es heraus!

Mama lachte auch jetzt nicht. Sie schien zwar nicht ganz zu begreifen, aber sie lachte nicht. Stattdessen blickte sie Mathilda ernst in die Augen.

„Natürlich sind Wölfe lieb. Vielleicht weiss Frau Schulze das nicht. Aber deswegen hat sie nicht gelogen, Spätzchen. Die Geschichte hat gelogen. Nicht Frau Schulze."

Mathilda musste sich Mamas Worte zuerst einmal durch den Kopf gehen lassen. Doch dann leuchteten sie ihr ein.

Als sie zu *ihm* in die Ecke schielte, sah sie, dass *er* mit heraushängender Zunge über das ganze Gesicht grinste.

Von Hirten, Schafen und Lämmern

Man konnte nicht behaupten, dass Johel Schafe mochte. Nein, das konnte man wirklich nicht. Um ehrlich zu sein, Johel konnte Schafe nicht ausstehen. Schmutzige, dumme Tiere waren das, und sie schienen nichts anderes im Sinn zu haben, als ihm, dem Jüngsten unter den Hirten, das Leben möglichst schwer zu machen. Er hätte schwören können, dass sie einander hinter seinem Rücken zu grinsen, wenn er sich ihretwegen ein weiteres Mal bis auf die Knochen blamiert hatte.

Die anderen Hirten nannten ihn nur noch Tollpatsch. - „He, Tollpatsch, hol mir mal dies!" - „He, Tollpatsch, geh und erledige jenes!" - Und wer war schuld daran? Natürlich niemand anderes als diese Biester mit ihren scheinheiligen, von schmutziger Wolle umrahmten Gesichtern.

Johel war zwölf Jahre alt, und er war Waise.

Nach dem Tod des Vaters hatte sein Onkel den Jungen mit sich genommen. Johel hatte ihn kaum gekannt, denn die Hirten lebten nur ausserhalb der Dörfer. Keiner wollte mit diesen ungehobelten Kerlen etwas zu tun haben. Doch Onkel Baruch konnte den Jungen in der Gruppe seiner Männer gut gebrauchen. Als Oberhirte war er verantwortlich für die Schafe der wohlhabenden Bürger der nahen Stadt, hatte dafür zu sorgen, dass keines der Tiere verloren ging, und wenn eines von ihnen krank oder verletzt wurde, oblag ihm die notwendige Behandlung – oder, wenn nichts half, das Leiden des Tieres zu beenden.

So mündete Johels Lebensstrasse unvermittelt auf den steinigen, mit trockenem Gras bewachsenen Hügeln vor der Stadt, und er wurde nicht wie sein Vater Weber, sondern Hirte.

Hirte! In den Augen des Knaben begann es zu brennen. Hastig fuhr er sich mit dem Ärmel seines schon lange nicht mehr gewaschenen Kittels über sein ebenso schmutziges Gesicht. Nur keine Schwäche zeigen! Die anderen warteten doch nur darauf, dass er endlich zu flennen anfing. Aber da konnten sie lange warten!

Wütend stiess er die Bilder von sich, die sich wieder und wieder in sein Bewusstsein schlichen, als wären es Gespenster. Wie das Haus des Vaters leergeräumt wurde. Wie der Tischler des Dorfes den grossen Webstuhl, an dem schon sein Grossvater gearbeitet hatte, auseinander schlug und die Balken davon trug. Regungslos, als wären seine Füsse versteinert, hatte der Knabe an der Wand gestanden und zugesehen. Was hätte er anderes tun können? Er war zu klein und vor allem zu jung, um das Gewerbe seines Vaters allein weiterzuführen.

Es blieb ihm nichts anderes übrig, als mit Onkel Baruch mitzugehen und sich von nun an mit einem Haufen schmutziger, fluchender Kerle und einer Herde schmutziger, blökender Schafe herumzuschlagen.

Seufzend legte Johel sich auf den Rücken, und sein Blick verlor sich in der Tiefe des Himmels. Dort oben gab es keine Schafe, gab es keine Hirten und auch keine Gespenster. Dort gab es nichts. Zumindest nicht, bis es dunkel wurde.

Ob der Stern auch in dieser Nacht wieder kam?

Vor drei Tagen hatte er ihn das erste Mal entdeckt. Ein strahlendes, furchterregend schönes Licht, das die ganze Himmelskuppel beherrschte und die nächtliche Erde mit fahlsilbernem Licht übergoss, beinahe so hell, wie ein Sommervollmond. Es war vorher nicht dagewesen. Das wusste er ganz bestimmt. Wo also war es hergekommen? Und blieb es denn dort, wo es jetzt war? Oder war es vielleicht auf dem Weg – irgendwohin?

Ohne, dass Johel es merkte, fielen ihm die Augen

zu.

Eine raue Hand schüttelte ihn in die Wirklichkeit zurück.

Verwirrt fuhr der Knabe hoch und blickte in das bärtige Gesicht seines Onkels. Auch wenn das wirre Gestrüpp auf Kinn, Oberkiefer und Wangen die Miene des Mannes verbarg, erkannte Johel an seinen weit aufgerissenen Augen, dass etwas Schreckliches geschehen sein musste.

„Birza ist verschwunden!" Noch einmal wurde Johel geschüttelt. „Hörst du? Sie ist verschwunden! Und gleich wird es dunkel – schnell, geh sie suchen."

Birza! Natürlich! Wer denn sonst hätte diesen Ausdruck schierer Panik in dem Gesicht dieses Mannes hervorrufen können, wenn nicht dieses blödeste von allen blöden Viechern! Birza, das einzige Schaf in der ganzen Herde, das dem Alten persönlich gehörte. Dieses Tier übertraf seine Artgenossen nicht nur an Dummheit, es war zudem auch das Eigensinnigste von allen. Und das Eingebildetste. Keinen Dornbusch gab es, in dem es sich nicht verfing, kein Erdloch, in das es nicht hinein fiel – um sofort lautstark um Hilfe zu blöken, obwohl es sich in den meisten Fällen leicht aus eigener Kraft hätte befreien können.

Birza! Wie konnte man ein Schaf nur so nennen! Hätte dieser Name nicht eher zu einem hübschen, schwarzlockigen Mädchen gepasst, dessen Haar mit Blumen geschmückt war? Nun ja, Birza hatte auch schwarzes Haar, und auch ihre Lockenpracht war verziert. Mit dürren Blättern, Holzstückchen und Erdknöllchen. Es war eines der wenigen schwarzen Schafe in der ganzen Herde. Und wie gesagt, das einzige Schaf, das Onkel Baruch gehörte.

Natürlich war es klar, dass der Onkel ihn, den Jüngsten, auf die Suche schickte, obwohl man ihm ansah, dass er am liebsten gleich selbst losgelaufen wäre. Doch ein Oberhirte verliess niemals die Herde.

Schon gar nicht jetzt, wo es so viele Lämmer gab und noch mehr geben würde. Und wo sich ganze Menschenströme in die nahe Stadt hinein wälzten. Einige von den Reisenden sahen ziemlich abgerissen und erschöpft aus. Und hungrig. Bestimmt würde der eine oder andere von ihnen nur zu gern so ein Lamm mitgehen lassen, wenn er dazu Gelegenheit bekäme.

Johel hasste Schafe, aber er mochte die Lämmer. Was sich bei den erwachsenen Tieren zu einer Art stumpfer Blödheit entwickelte, zeigte sich zu Beginn ihres Lebens als rührende Unschuld und zu Herzen gehende Vertrauensseligkeit – sie konnten ja nicht wissen, dass die wenigsten von ihnen älter als ein Jahr wurden. Und es war gut, dass sie es nicht wussten. Das Messer des Schlachters kam noch früh genug.

Den Blick seines Onkels in seinem Rücken machte sich Johel auf, um das verlorene Schaf zu suchen.

Er war nicht unglücklich über diesen Auftrag, bot er ihm doch die Möglichkeit, für kurze Zeit allein zu sein und den Sticheleien seiner „Kameraden" zu entgehen. Bestimmt würde er das verirrte Tier bald finden. Weit konnte es nicht gekommen sein mit seinem tonnenförmig aufgetriebenen, trächtigen Leib. Er brauchte nur auf ein schepperndes Blöken zu lauschen, während er in allmählich grösser werdenden Kreisen das Gebiet abzusuchen begann.

Was er jedoch als Erstes hörte, war kein Blöken. Sondern ein durchdringendes, klagendes Heulen. Der Ruf eines Wolfes.

Onkel Baruch hatte Johel erklärt, dass ein einzelner Wolf einem Menschen nicht gefährlich wurde. Doch ein verirrtes Schaf wäre bestimmt eine hochwillkommene Beute für den einsamen Jäger. Johels Schritte wurden langsamer. In seinem Kopf überschlugen sich die Gedanken. Sollte er das Schaf rufen und dabei hoffen, dass das sture Tier dieses eine Mal klug genug war, ihm zu antworten? Nein, das war ganz und gar keine gute Idee, denn das Blöken würde auch der Wolf hören, der dann endgültig wusste, wo sich seine nächste Mahlzeit gerade versteckte. Und wie um alles in der Welt sollte er, ein schmächtiger Knabe, einen hungrigen Wolf in die Flucht schlagen?

Angestrengt horchte und spähte Johel in die rasch hereinbrechende Dunkelheit. Doch da war nichts als das leise Flüstern des Abendwindes. Es half nichts, er musste weiter suchen. Wenn er nur gewusst hätte, wo.

Inzwischen hatte er sich schon ziemlich weit von der Herde entfernt. Der Wolf war verstummt. War er abgezogen? - Oder gerade dabei, ein Schaf zu fressen?

Wieder sah Johel das wild überwucherte Gesicht seines Onkels vor sich. Was würde er tun, wenn sein Neffe ohne das Schaf zurückkam? Ihn totschlagen?

Plötzlich blieb der Knabe stehen. In seinem Magen hatte sich gerade ein schwerer, schwarzer Klumpen gebildet. Nein, Onkel Baruch würde ihn nicht schlagen. Als ob vor seinen Augen ein Schleier zurückgezogen worden wäre, sah er den schweren Mann am Boden sitzen – und weinen.

Johel begann zu laufen.

Er kam nicht weit. Nach wenigen Schritten stolperte sein rechter Fuss über einen spitz aufragenden Stein, der Knöchel knickte nach aussen weg, und Johels magerer Körper schlug der Länge nach auf den steinigen Boden. Rasch rappelte er sich wieder auf. Den verstauchten Fuss zu belasten, zwang ihm die Tränen in die Augen. Als er die ersten Schritte tat, konnte er ein leises Ächzen nicht unterdrücken. Aber es sah ihn ja niemand. Und die Knochen in seinem Bein waren heil geblieben, also konnte er doch weiter humpeln und Onkel Baruchs Schaf suchen.

Dann hörte er das Blöken. Es war nicht die unverwechselbare Stimme des nervtötendsten Schafes in der ganzen Herde. Es war ein hohes, doppelstimmiges Rufen.

Die reinste Himmelsmusik. Was spielte da der schmerzende Knöchel noch für eine Rolle! Johel stolperte zu dem Platz, wo Birza soeben zum ersten Mal in ihrem Leben Mutter geworden war. Hingebungsvoll war sie damit beschäftigt, ihre beiden Kinder trocken zu lecken.

Weiss waren sie, unsicher und wackelnd hielt sich das Erste bereits auf seinen vier überlangen, knotigen Beinen, während das Andere sich noch damit abmühte, den kleinen Körper hochzustemmen.

In Johels Kehle sammelte sich ein heisses Gefühl, das viel zu gross für ihn war. Ihm wurde schwindlig. Er fiel auf die Knie.

Diesmal bohren sich die Steine in seine Haut. Doch er hatte keine Zeit, sich um aufgeschürfte Knie oder schmerzende Knöchel zu scheren. Es war höchste Zeit, die frischgebackene Mutter mit ihrem Nachwuchs zur Herde zurück zu bringen – bevor der Wolf sich doch noch eines der Kleinen holte. Dass der Graue nichts mehr von sich hatte hören lassen, war nicht unbedingt ein gutes Zeichen. Es konnte durchaus bedeuten, dass er in der Nähe war und auf der Lauer lag...

Unter jeden Arm ein zappelndes Lamm geklemmt, stemmte sich Johel auf die Füsse und taumelte vorwärts, während Birza unwillig hinter ihm her blökte - zumindest so lange, bis der Mutterinstinkt ihren Eigensinn besiegte und sie dazu bewog, ihren Kindern zu folgen.

Als er endlich das Hütefeuer erreichte, rutschten die beiden Lämmer unter seinen Armen zu Boden. Er selbst brach zusammen. Waren das Arme, die ihn auffingen und sanft zu Boden gleiten liessen? Die Decke, die sich über ihn breitete, das im Feuerschein zuckende Gesicht seines Onkels mit den beiden sonderbar glitzernden, sich im Gestrüpp des Bartes verlierenden Rinnsale – war das ein Traum? Der Becher, der an seinen ausgetrockneten Mund gehalten wurde, war kein Traum. Und auch nicht die Stimme, die über ihm ertönte:

„Komm Junge, trink. Das wird dir gut tun."

Was gleich darauf Johels Kehle hinunter rann, brannte wie flüssiges Feuer. Nach dem ersten Hustenanfall verbreitete es jedoch eine angenehme Wärme in seinem Bauch und einen ebenso angenehmen Nebel in seinem Kopf.

„Na also, Kleiner, das ist doch schon besser." Dies war eine andere Stimme, das Gesicht, das dazu gehörte, sah aus, als hätte es vor kurzem einen Blick in das himmlische Paradies getan, was übrigens für alle Hirten galt, deren Köpfe sich nacheinander in Johels verschwimmendes Blickfeld schoben. Und alle sahen sie dabei so einfältig aus wie die Schafe, die sie hüteten.

Erst am nächsten Morgen erfuhr Johel, was während der Zeit seiner Suche nach Onkel Baruchs Schaf geschehen war. Da sei plötzlich ein vornehmer, junger Herr, ganz weiss gekleidet, in ihre Mitte getreten und habe sie gebeten, nach einem Neugeborenen zu sehen, das vor weniger als einer Stunde in einem Stall auf die Welt gekommen sei. Warum sich so ein reicher Schnösel ausgerechnet an sie wandte, statt den Leuten selber zu helfen - das zu fragen sei keinem von ihnen in den Sinn gekommen. Nein, sie seien einfach hingegangen, schliesslich waren das arme Leute, die wahrscheinlich Hunger hatten, und womöglich fror der kleine Wurm in dem kalten Stall.

Guter Himmel, so ein schönes Kind sei das gewesen!

In dieser Nacht war ein Wunder geschehen. In den von rauem Gestrüpp umwucherten Herzen der Hirten erblühte ein helles, warmes Geheimnis.

Von Stund an nannte keiner den Jungen mehr Tollpatsch. Und sein Onkel schenkte ihm eines der beiden Lämmer.

Es war ein Mädchen, wie die Zwillingsschwester. Und wie Onkel Baruch gab auch Johel seinem ersten, eigenen Schaf den Namen eines Mädchens.

30 Gramm

30 Gramm – dazu das kaum nennenswerte Gewicht dreier mittelgrosser Heimchen, seiner letzten Mahlzeit in unserer Obhut – so viel wog sein kleiner Körper, als er sich mit Hilfe seiner voll ausgebildeten, grossartigen Schwingen in die Luft erhob. Raus aus der Küche. Durch die offene Tür in den Garten. Und von dort aus den schrillen Rufen seiner Artgenossen hoch über den Dächern folgend. Viel zu früh, und vor allem viel zu leicht, wie aus den vom Internet heruntergeladenen Informationen zu schliessen war. Aber unser schwarzgefiederter Gast mit diesen unglaublich wachen Augen in seinem kühnen Raubvogelgesicht konnte ja nicht lesen. Und wenn, wäre ihm der ganze Wust an Texten und Bildern, mit dem wir uns in den vergangenen zwei Wochen schlau gemacht hatten, wohl herzlich egal gewesen. Er, der nur die Dunkelheit eines im Schutze alten Gemäuers verborgenen Nestes kannte, gefolgt von der wohlmeinend ausgepolsterten Höhle einer gelöcherten Kartonschachtel – von einem kurzen, für ihn vermutlich eher verwirrenden Zwischenaufenthalt in unserem Garten abgesehen – folgte einfach dem uralten Ruf seiner Seele. Zu einem Zeitpunkt, der vielleicht nur für uns, den unverständigen, informationsgläubigen Menschen der falsche war.

Danach haben wir bis zum Einbruch der Dunkelheit die ganze Gegend abgesucht – und jeder Katze, die uns über den Weg lief, mit einigermassen gemischten Gefühlen nachgesehen. Sie sahen alle so verdächtig satt und zufrieden aus, diese Katzen ... aber das konnte ja auch von einer Portion von dem stammen, was sie kaufen würden - oder von einer Maus.

Ja, so sind wir Menschen: Ein von Hand aufgepäppelter Vogel ist einfach etwas Anderes als eine einfache Maus. Wobei die Maus da höchstwahrscheinlich anderer Meinung ist.

Und Mutter Erde auch. Sie, die alle ihr Kinder nährt und behütet, sorgt für die Vögel ebenso wie für die Mäuse. Und die Katzen. Und die Milane, die auch schon mal einen noch nicht allzu flugtüchtigen Jungvogel erbeuten.

Uns machte sie ein grossartiges Geschenk: Zwei Wochen lang durften wir eines jener Wesen kennen lernen, die normalerweise nur bei ihren tollkühnen Flugmanövern hoch am Himmel zu beobachten sind. Und dafür haben wir uns ehrlich gesagt vorher nie so richtig Zeit genommen.

Jetzt sind sie schon eine Weile fort. Am nun still gewordenen Abendhimmel flogen bis vor kurzem noch die viel schweigsameren Schwalben. Nun sind auch sie aufgebrochen zu ihrer Reise in den Süden.

Doch im nächsten Frühling kommen sie wieder. Zuerst die Schwalben. Und dann sie – die Mauersegler. Spätestens ab Mitte April (wahrscheinlich eher früher) werden wir Ausschau halten nach der unverkennbar sichelförmigen Silhouette ihrer Flügel, von denen wir nun wissen, wie perfekt jede einzelne Feder gezeichnet ist. Und unsere Ohren freuen sich schon jetzt auf das lautstarke, wilde Lied ihres freien Lebens. Höchstens vier kurze Monate werden sie uns Erdgebundenen davon singen, vor allem in den Abendstunden, wenn ihr ebenfalls geflügeltes Futter am Zahlreichsten ist. In unseren Breitengraden halten sie sich nur zur Paarung und zur Aufzucht ihres Nachwuchses auf. Einmal flügge geworden, verbringen sie praktisch ihr ganzes Leben in der Luft. Sie schlafen sogar dort.

Dass sie nicht mehr starten können, wenn sie einmal zu Boden gehen, stimmt hingegen nicht. Sie kommen wieder hoch. Wer weiss, vielleicht sogar auch dann, wenn sie erschöpft sind und gerade mal 30 Gramm wiegen.